AF509812

Les Premières armes de Cerfeuil

PAR

D'AVEZAN

PARIS

LIBRAIRIE HACHETTE ET Cie

79, BOULEVARD SAINT-GERMAIN, 79

1900

PREMIÈRES ARMES DE CERFEUIL

I

Le marquis de Grain de Sel et sa femme étaient assis à l'ombre d'un grand arbre dans le parc de Grain de Sel, et ils parlaient de leur bonheur, de l'amitié qui les unissait au baron et à la baronne Krokferm, leurs voisins, lorsqu'un grand bruit interrompit leur conversation.

C'étaient leurs trois enfants, Titi, Toto et Tata, deux garçons et une fille, qui faisaient irruption sur la pelouse, accompagnés de Grolindor, le fils unique du baron Krokferm.

Les trois Grain de Sel, quoique plus

âgés que Grolindor, étaient beaucoup plus petits que lui, et le jeune Krokferm aurait pu aisément faire tenir chacun d'eux dans une de ses poches.

Le marquis et la marquise ne jugèrent pas à propos de se montrer, et, bien cachés par leur gros arbre et par un buisson, ils s'amusèrent à écouter et à regarder les quatre enfants.

« Allons, Grolindor, dit Titi, étends-toi par terre. »

Grolindor obéit, et aussitôt ses trois petits camarades marchèrent tout le long de son corps, pendant que le grand garçon poussait de petits cris aigus comme quelqu'un que l'on chatouille. Après cela, Toto courut cueillir des feuilles, et ils se mirent tous les trois à en garnir les oreilles et le nez de Grolindor, qui se laissa faire. Tout à coup, Grolindor poussa un cri ; il retira de son nez une feuille

de houx et montra à Toto qu'il saignait parce que la feuille l'avait piqué.

TITI, TOTO, TATA ET GROLINDOR.

« La belle affaire! dit Toto; cela
diminuera ton nez!

— Ah! mais je ne veux pas qu'il
diminue, reprit Tata; il m'est utile, le
nez de Grolindor; quand je me pro-

mène au soleil, il fait de l'ombre et me sert de parasol. »

Cette plaisanterie eut le don de faire rire Toto et Titi si fort qu'ils se roulaient par terre. Seul, Grolindor ne riait pas et essuyait son nez qui saignait toujours.

Enfin, au moment où Grolindor s'y attendait le moins, Toto et Titi lui lancèrent par-dessus la tête un nœud coulant et l'attachèrent solidement à un arbre; ils allèrent ensuite chercher une pompe mobile destinée à arroser les massifs et aspergèrent leur pauvre camarade.

« Je vous en prie, dit Grolindor, ne faites pas cela; quand maman verra que je rentre mouillé, elle sera fâchée, parce qu'elle a peur que je m'enrhume; elle menacera, comme elle l'a fait l'autre jour, d'avertir vos parents, et vous serez grondés.

« Mes petits amis, mes chers petits amis, je vous en prie, finissez. »

Mais les chers petits amis, au lieu de s'arrêter, continuèrent de plus belle et ne détachèrent leur victime

GROLINDOR ARROSÉ.

qu'en entendant le coup de cloche qui les rappelait au château pour prendre leurs leçons.

Grolindor partit alors au grand galop dans la direction de Krokferm pour changer de vêtements.

Quand les quatre enfants eurent

GROLINDOR PARTIT AU GRAND GALOP.

quitté la pelouse, le marquis et la marquise se regardèrent stupéfaits.

« Comment ! s'écria la marquise en pleurant à chaudes larmes, les enfants manquent de cœur au point de martyriser leur pauvre ami, parce qu'il est trop bon pour eux ! Tata elle-même est la

première à inventer des supplices nou-
veaux pour cet excellent Grolindor! »

Le marquis, lui, ne pleurait pas et

LE MARQUIS ET LA MARQUISE.

se promenait fiévreusement dans le
taillis.

« Il faut que cela cesse, dit-il enfin.
Ma chère amie, il est inutile de parler

à nos amis Krokferm de ce que nous venons de découvrir; ils sont trop bons et ne voudraient jamais nous aider à corriger ces petits drôles; mais vous verrez dès ce soir la fée Tulipe, votre marraine; racontez-lui les faits dont nous venons d'être témoins et demandez-lui conseil.

— Vous avez raison, répondit la marquise, et, si elle corrige nos enfants, ce ne sera pas le premier mauvais pas dont elle nous aura tirés. »

Le marquis rougit en entendant les paroles de sa femme, et tous deux quittèrent silencieusement le taillis.

II

Le petit homme vert était rentré depuis une heure environ dans son château de l'Émeraude lorsque le timbre de la grande porte retentit.

C'était évidemment une visite.

Bien que le petit homme vert fût très sociable, il ne put réprimer un geste d'impatience. C'est qu'il avait beaucoup à faire avant le dîner : une foule de rapports à lire, des lettres à écrire, et cette visite allait l'empêcher de travailler.

La porte de son cabinet s'ouvrit, et son valet de chambre, Cerfeuil, lui annonça que la fée Tulipe était dans le salon du rez-de-chaussée et demandait à lui parler.

« La fée Tulipe! » s'écria le petit homme vert.

Il jeta un regard sur son costume, une robe de chambre à ramages verts, et, s'adressant à Cerfeuil :

« Impossible de recevoir une dame dans ce costume, dit-il.

— Impossible, répondit laconiquement Cerfeuil.

— Allons, habille-moi, Cerfeuil. »

Cerfeuil alla aussitôt chercher les

vêtements vert-pomme de son maître, lui attacha ses souliers à boucle d'or, et lui plaça son épée à la ceinture.

Le petit homme vert jeta un coup d'œil de regret à toutes les paperasses étalées sur son bureau et descendit dans le salon.

Il s'inclina respectueusement devant la fée Tulipe, s'assit à quelque distance et attendit qu'elle lui expliquât le but de sa visite.

« Petit homme vert, dit la fée, j'ai un service à vous demander. Nous sommes de bien vieux amis; voilà bientôt cinquante lustres[1] que je vous ai vu pour la première fois et je ne crois pas être indiscrète en m'adressant à vous.

— Pas le moins du monde, s'écria le petit homme vert, et je suis à votre disposition. De quoi s'agit-il?

— Il s'agit de corriger les trois en-

1. Le lustre est un espace de cinq années.

fants d'une de mes filleules, la marquise de Grain de Sel. »

Et la fée raconta, sans rien omettre,

LA FÉE TULIPE ET LE PETIT HOMME VERT.

les scènes qui s'étaient passées le
matin même sur la pelouse du parc
de Grain de Sel.

« La marquise, ajouta-t-elle, est venue me supplier de corriger Titi, Toto et Tata; mais, comme je connais fort mal les enfants, je ne saurais pas m'y prendre et je préfère m'adresser à vous. »

Le petit homme vert s'inclina.

« Fée Tulipe, dit-il, je suis à vos ordres; mais permettez-moi une question : sous leur cruauté apparente, ces trois enfants ont-ils de la bonté, un peu de délicatesse, enfin ce qu'on appelle du cœur.

— Oh! dit la fée Tulipe, leurs parents sont tous deux de braves gens, et je suis certaine que les enfants sont meilleurs au fond qu'ils ne le paraissent.

« Il s'agit d'enlever la vase qui recouvre l'eau claire, et je suis certaine que vous y réussirez sans peine.

« Adieu et merci d'avance, mon ami. Voulez-vous me reconduire jusqu'à mon ballon? »

Le petit homme vert offrit sa main

à la fée Tulipe et la conduisit à travers le vestibule d'honneur.

Ce vestibule, par les soins de Cerfeuil qui cumulait les fonctions d'intendant et de valet de chambre, était éclairé par des émeraudes lumineuses, et chacune d'elles donnait une telle clarté

LE BALLON S'ENLEVA.

qu'un lampadaire électrique placé à côté eût produit l'effet d'une simple veilleuse.

Le ballon en forme de tulipe de

la fée l'attendait à la porte ; elle sauta légèrement dans la nacelle et adressa un dernier salut au petit homme vert.

Le ballon s'enleva, s'élança à travers l'espace et disparut derrière un nuage rose.

Le petit homme vert rentra tout rêveur dans son cabinet, s'assit dans son fauteuil, plongea sa tête dans ses mains et, comme il arrive souvent aux gens très préoccupés, il se mit à penser tout haut sans voir Cerfeuil qui se tenait devant lui, attendant ses ordres.

« Je n'ai personne, dit-il, à envoyer au château de Grain de Sel ; tous mes collaborateurs sont en mission : Gonfalindor est en Espagne, Mirobolus à Copenhague[1], les autres sont dispersés aux quatre coins du globe ; il va falloir que j'aille moi-même à Grain de Sel. Et pendant ce temps mon travail ne se fera pas.

1. Capitale du Danemark.

. — Si je proposais à Monseigneur un moyen de tout arranger? dit Cerfeuil humblement.

— Tiens, s'écria le petit homme vert, tu étais là, Cerfeuil? Parle, quel est ce moyen.

— Si Monseigneur est appelé à Grain de Sel, c'est sans doute pour corriger les trois enfants du marquis : Titi, Toto et Tata?

LES PROPOSITIONS DE CERFEUIL.

— Parfaitement, Cerfeuil, c'est cela même.

— Eh bien, si Monseigneur consent à m'envoyer à Grain de Sel en me confiant son anneau d'or, je me fais fort de corriger Titi, Toto et Tata en peu de temps.

— Vraiment, maître Cerfeuil! Mais vous ne savez donc pas que, pour arriver à un semblable résultat, il faut beaucoup de qualités : un grand esprit d'observation d'abord, de la pénétration, de la finesse, du tact, de la délicatesse, de la prudence, de la persévérance, de la douceur, de la persuasion, etc., etc. »

Maître Cerfeuil secouait la tête doucement, et, à chacune des qualités énoncées par le petit homme vert, il faisait avec ses lèvres un petit mouvement qui signifiait à n'en pouvoir douter : « Oh, mon Dieu, oui! j'ai toutes ces qualités! »

Quand le petit homme vert eut fini : « Monseigneur, dit Cerfeuil, je suis à votre service depuis bientôt trente ans; je parle peu, ce qui me permet d'écouter beaucoup; vous avez bien vite su apprécier ma discrétion et vous m'avez laissé assister à tous vos entretiens avec vos nombreux collaborateurs. J'ai acquis par ce moyen une grande expérience dans l'art de corriger les enfants de leurs défauts; il ne me manque que la pratique, et j'ai hâte d'essayer mes talents.

— Allons, dit le petit homme vert, je te permets de partir; mais je ne te donne que deux jours : si d'ici là tu n'as pas obtenu un résultat sérieux, j'irai moi-même à Grain de Sel, car je ne veux

CERFEUIL CHANGÉ EN HIRONDELLE.

pas tromper la confiance de la fée Tulipe.

— Deux jours, c'est bien peu pour déraciner de mauvaises habitudes, dit Cerfeuil; mais cela m'est égal, j'accepte et j'ose espérer que je réussirai.

— Pars tout de suite, dit le petit homme vert. Voici mon anneau d'or; il te permettra de prendre toutes les formes que tu voudras revêtir. »

Cerfeuil reçut l'anneau un genou en terre; il le mit à son doigt, se changea aussitôt en hirondelle et s'envola promptement par la fenêtre ouverte dans la direction de Grain de Sel.

III

Quand Cerfeuil arriva au château, tout le monde était à table. Il pénétra dans la salle à manger sous la forme d'une mouche, s'installa sur la perruque du baron Krokferm, le plus grand de tous les convives, et vit de là un bien curieux spectacle.

Toute la famille Krokferm déjeunait ce jour-là à Grain de Sel.

Le baron, la baronne et leur fils étaient de véritables géants, tandis que le plus grand des cinq Grain de Sel ne mesurait pas plus de deux pieds de haut.

Aussi, pour être au niveau de la table, les cinq Grain de Sel étaient-ils assis ou, plus exactement, perchés sur des chaises spéciales supportées par des pieds immenses. Mais comme leurs bustes étaient beaucoup moins grands que ceux des Krokferm, il en résultait que les domestiques les plus adroits, les mieux dressés n'auraient jamais pu réussir à servir des convives de tailles si disparates, si la fée Tulipe n'avait

pas trouvé un expédient qui arrangeait **tout.**

Elle avait fait présent à sa filleule de deux serviteurs à coulisses dont le corps s'allongeait et se raccourcissait à la façon d'une lorgnette, et rien n'était plus étonnant que de voir ces deux valets qui s'abaissaient et se relevaient à volonté selon les convives qu'ils devaient servir.

LES SERVITEURS
A COULISSES.

Le déjeuner achevé, les quatre enfants quittèrent la salle à manger et coururent dans le parc.

A peine étaient-ils entrés qu'ils rencontrèrent un tout petit personnage qui avait la tête de moins que Tata.

C'était la première fois de leur vie que les enfants Grain de Sel trouvaient un être plus petit qu'eux, aussi l'examinèrent-ils avec le plus vif intérêt.

Le petit personnage répondait à leurs nombreuses questions avec beaucoup d'intelligence et de douceur, et Grolindor qui le trouvait fort gentil, le prit entre le pouce et l'index, l'embrassa et le reposa tout doucement par terre.

GROLINDOR LE PRIT DANS SA MAIN.

A ce moment, le naturel taquin des trois Grain de Sel reparut et ils se mirent à tourmenter le nouveau-venu : Tata lui tirait les cheveux, Titi lui frottait les mains avec une ortie, Toto lui mettait un bâton dans le cou; enfin ils se disposaient à l'enfermer dans la niche de leur chienne Gazelle, lorsque Grolindor, qui n'avait encore rien dit, prit de nouveau le petit être dans sa main, et le plaça derrière lui, releva ses manches, et, d'un air tranquille, mais ferme :

« Je vous défends, dit-il, de le toucher. Le premier qui s'approche de lui s'en repentira. Tant que vous ne vous attaquez qu'à moi, je ne dis rien, mais je ne supporterai pas que vous fassiez souffrir un être plus faible que vous. Ce serait de la lâcheté.

— Allons donc, dit Toto en riant de toutes ses forces, tu plaisantes. Grolindor est incapable de donner même une chiquenaude à son petit Toto. Je me moque absolument de ta défense. »

Et il courut au petit personnage. Titi et Tata, encouragés par les paroles de leur aîné, le suivirent;

mais ils n'avaient pas fait deux pas
que Grolindor les saisit tous à la
fois, en plaça deux sous son genou,

« JE VOUS DÉFENDS DE LE TOUCHER. »

tandis qu'il administrait à son petit
Toto une solide correction. Ils pas-
sèrent tous les trois par le poing de

Grolindor, malgré leurs cris et leurs menaces.

Alors le petit personnage, qui n'était autre que Cerfeuil, prit doucement la main de son sauveur, la baisa et disparut dans le bois.

Après cette aventure, Grolindor, pour se donner une contenance, se promenait dans le parc; Titi, Toto, et Tata le suivaient la tête basse comme des chiens battus.

TITI, TOTO ET TATA CORRIGÉS.

Ils réfléchissaient et, pour la première fois, comprenaient combien Grolindor avait été indulgent et patient avec eux. En voyant qu'il n'avait pas

hésité à se départir de sa bonté ordinaire pour défendre un opprimé, ils
éprouvaient de l'estime et du respect
pour ce grand
garçon et trou-
vaient qu'il valait
mieux qu'eux.

Ces réflexions
les humiliaient
un peu.

Ils marchaient
depuis quelque
temps déjà à la
suite de Grolindor
lorsqu'un homme
immense, plus
grand que Gro-
lindor lui-même,
apparut au détour
d'un sentier.

LE GÉANT.

En voyant les trois Grain de Sel :
« Oh! les drôles de petits bonshommes! dit-il. Sont-ils en sucre, en

biscuit, ou en chocolat? Approchez, petits bonshommes, approchez. »

La voix du géant était en proportion de sa taille et faisait retentir tous les échos du parc.

Les trois Grain de Sel, plus morts que vifs, s'approchèrent.

Alors le géant les attacha rapidement avec une corde, en fit un paquet et s'écria :

« Je vais les emporter; je les étoufferai; je les empaillerai et je les donnerai à ma femme, qui les placera sur une étagère. »

Titi, Toto et Tata, quoique serrés par la corde, poussaient des cris à fendre l'âme.

Le géant n'en était nullement attendri et se disposait à les hisser sur son dos, lorsqu'il reçut de Grolindor un si formidable croc-en-jambe, qu'il perdit l'équilibre et tomba sur ses genoux.

« Ah! misérable, s'écria le fils de Krokferm, vous voulez tuer mes petits amis! c'est ce que nous allons voir. »

Cependant le géant s'était relevé.

Une lutte terrible s'engagea, suivie avec anxiété par le paquet des trois Grain de Sel.

Grolindor était moins grand et moins fort

GROLINDOR ET LE GÉANT.

que le géant, mais il avait reçu de son père d'excellentes leçons de boxe et de savate; de plus, son courage s'était triplé en voyant le danger de ses amis.

Il usa les forces du géant par une série d'habiles manœuvres, et, quand il le sentit fatigué, il engagea une lutte corps à corps où il eut facilement le dessus.

Il laissa son ennemi terrassé et à demi mort et retourna délivrer les trois Grains de Sel.

Titi, Toto et Tata se suspendirent à son cou et s'écrièrent spontanément : « O mon Grolindor, pardonne-nous d'avoir été méchants avec toi ! Jamais nous ne recommencerons. »

Ils prirent le chemin du château, portés par leur ami.

S'ils s'étaient retournés, ils auraient vu le géant se relever rapidement et reprendre la forme d'un homme ordinaire.

Cet homme, c'était Cerfeuil.

La fée Tulipe, accompagnée de la marquise et du marquis, avait suivi toutes ces péripéties dans son ballon.

Elle était ravie des bons offices du petit homme vert et elle lui écrivit aussitôt pour le remercier et lui faire un éloge enthousiaste de son émissaire.

« Il faudrait, dit-elle, envoyer un exprès au château de l'Émeraude.

— Allons au colombier, dit Grain de Sel, j'ai là des pigeons qui sont nés à l'Émeraude et l'un d'eux portera votre missive. »

Un beau pigeon vert et or se présenta. La fée attacha elle-même sa lettre à ses plumes.

GROLINDOR ET SES TROIS AMIS.

Une demi-heure après, il s'abattait sur le bureau du petit homme vert, qui lut les détails des exploits de Cerfeuil.

« Hé! hé! dit-il, Cerfeuil n'a même pas mis deux jours à accom-

LE PIGEON, C'ÉTAIT CERFEUIL.

plir sa mission. Décidément, il a la vocation. »

En relevant la tête, à la place du pigeon, il aperçut Cerfeuil qui lui tendait son anneau.

Le pigeon, c'était encore Cerfeuil!

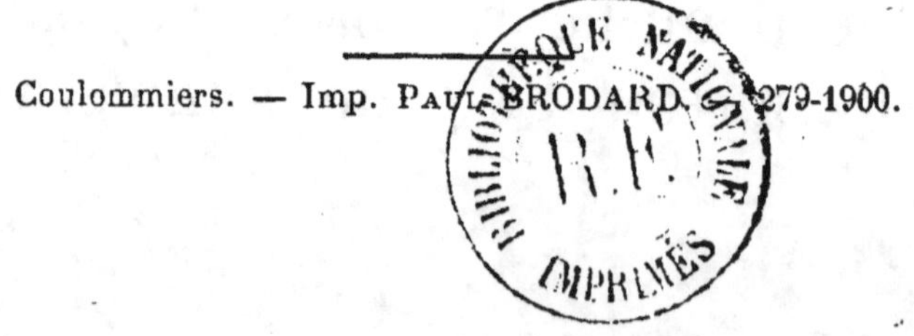

Coulommiers. — Imp. Paul BRODARD. — 279-1900.